つむじ風食堂と僕

吉田篤弘 Yoshida Atsuhiro

★――ちくまプリマー新書
200

目次 ＊ Contents

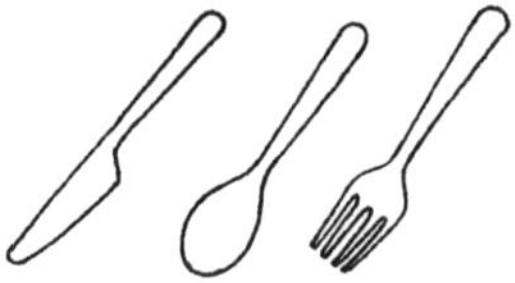

第一章　路面電車　7
第二章　宇宙人　37
第三章　百円玉　79
あとがき　115

カバーイラスト◉クラフト・エヴィング商會
本文イラスト　◉杉田比呂美

第一章

路面電車

MENU

物語はいつも途中から始まる。

少なくとも、これまでに読んできた僕の好きなお話はどれもそうだった。

だから、僕もこの十二年間の人生を、どのように過ごしてきたのか話さないことにする。

もし、途中で気が変わったら、話すときもあるかもわからないけれど、僕はむかしのことにこだわっているのが、いいことなのかどうか答えが出せない。

大人のひとたちは、

「リツ君、そんなことは、もっと歳《とし》をとってから考えればいいんだよ」

と言うけれど、僕にだって「むかし」はあるし、生きてゆくことは、毎日、少しずつ「むかし」をつくってゆくことなんだと思う。

だから、生きれば生きるほど「むかし」は増えてゆく。そうなると、大人のひとたちが言うような年齢になったときは、きっと「むかし」が大きくふくれあがって、どうしていいかわからなくなるんじゃないかと思う。

それで僕は、いまのうちから「むかし」について考えている。

「むかし」というのは、ふたつあって、僕の「むかし」と、世界の「むかし」とある。そのふたつは、まったく別のものだけれど、じっくり考えてゆくと、似ているところがある。

一番の共通点は、やりなおしが出来ないところだ。

僕が食堂で大人のひとたちにそう言ったら、みんな「うーん」とうなって、

「たしかになぁ」

「いや、そんなこともないだろう」

「身につまされるわね」

「何度だって、やりなおせるよ」

と、さまざまなことを言った。

僕はこのごろ、ひとりで食堂へ行くようになった。隣の町にある食堂だ。

二両編成の、むかしから走っている路面電車に乗ってゆく。走り出すときに「チン」とベルを鳴らすのがいい。電車の外側は鉄だけど、中は木でつくられていて、床はワックスが塗られて油の匂いがする。

この電車に乗ると、「むかし」の気分になる。

それは、僕が生まれるよりずっと前の「むかし」で、僕はその「むかし」を知らないはずなのに、なんとなく知っているような気持ちになる。遠いところへ来たと

きのような、本の中に出てきた外国の知らない町を歩いている感じなのに、僕はこの気持ちを前に体験したように思う。ひとつの言葉では言いあらわせない。いくつもの気持ちがまざって、もやもやする。

でも、僕はそのもやもやしたところが面白いと思いながら電車に乗っている。ひと駅なので、すぐに着いてしまうのがもったいない。もっと乗っていたかったと残念な気持ちで駅におりる。

そうすると、そのひと駅だけ、「むかし」へ戻ったような気分になる。

僕が住んでいる町も、ビルが並んでいるような町にくらべたら、ずっと静かなところだ。食堂のある月舟町も、都会のにぎやかな町とはずいぶん違う。

商店街があって、色とりどりの店が並んでいるのに、にぎやかな感じがしない。「いらっしゃいませ」という声も聞こえるし、買い物をするひとたちも、お店のひとと立ち話をしているのに、なんとなく静かだ。

僕は、にぎやかなところと静かなところの、どちらも好きだ。僕にはそういう変なところがある。

「リツ君はどっちがいい?」

と訊《き》かれると、いつもすぐに決められない。決められずに迷っていると、父にしかられる。「男らしくはっきりしろ」と言われる。

でも、父が男らしいのかどうか、僕はそれもうまく答えられない。そう思うときもあるし、まったく頼りなくて心配になるときもある。

父は〈トロワ〉というおかしな名前のサンドイッチ屋をやっている。〈トロワ〉というのは、フランス語で「3」のことで、それは父の三度目の仕事という意味と、サンドイッチの「サン」の両方の意味がある。

「まぁ、オヤジギャグだよね」

と、オーリィさんが言っていた。

オーリィさんというのは、〈トロワ〉で働いているお兄さんで、本当はもう「おじさん」に近い歳なのに、

「僕はまだお兄さんだからね」

と自分でそう決めている。

「大里《おおり》」というのが本当の名前で、オーリィさんが住んでいるアパートの大家さんが「オーリィ」と舌を巻きながら呼んでいるうちに、いつのまにかそれが本名のようになってしまった。

そういえば、大家さんにも、

「あたしのことを、おばさんって呼ぶのはやめてね」

と言われている。

「マダムと呼びなさい」

と、僕にだけではなく誰にでもそう言っている。

だから、僕はマダムの本名を知らない。というか、どうしてみんなフランスっぽくするのかわからない。そうしないと、かっこ悪いと思っているのだろうか。僕には、無理して外国風にしている方が、よほどかっこ悪く見える。

〈トロワ〉なんて、かっこつけているけれど、それはつまり、父がひとつの仕事をつづけられなくて、三回も転職したという意味だ。

僕は父のおかげで、「転職」という言葉や「失業」とか「廃業」という言葉を覚えた。「ニート」や「フリーター」や「リストラ」の意味も知った。そして、知ればば知るほど不安になってきた。

僕は父の血をひいているのだから、僕もまた、ひとつの仕事をつづけられないかもしれない。父がそのことでつらそうにしていたのを知っているので、僕としては、早いうちに自分の進む道を決めて、迷わないようにしたい。

「まだ、早いよ」

と、オーリィさんに言われた。でも、オーリィさんだって、前の仕事をやめて、〈トロワ〉で働くようになったひとだ。

「ひとつの仕事をつづけることが男らしいとは限らないよ」

オーリィさんは、まじめな顔で言った。

「これは、どうも違うな、と思ったら、いさぎよくやめるのも男らしいんじゃないかな」

まじめを通り越して、恐い顔になった。

でも、マダムの考えは少し違っていて、

「ひとつのことを長くつづけているのは、いいことだと思うけど、男らしいとか何とかとは関係ないわよ」

そう言って横を向くと、タバコの煙をゆっくり吐いた。

マダムはいつもタバコを吸っている。本当は「いつも」じゃないけれど、マダムのことを思い出すと、少し甘い香りのするタバコの煙がよみがえってくる。


とにかく、大人のひとたちは、そんなふうに、みんな違うことを言う。

どれも、「そうだなぁ」と思うし、どれも「そうかなぁ」と思う。うまく言えない。僕が迷ってしまう原因は、はっきり言って、大人のひとたちが、それぞれに違うことを言うからだ。

でも、僕は大人の話を聞くのが子供のときから好きだった。

僕がそう言うと、

「あれ？　リツ君はまだ子供じゃないの？」

と、オーリィさんは笑う。

はっきり言って、僕はもう子供じゃない。ひとりで電車に乗って隣の町へ行けるし、大人たちばかりがいる食堂でクロケット定食を食べたりしている。

そういえば、「クロケット」というのもフランス語だと食堂のマスターが言っていた。食堂のメニューには、ほかにも「グリエ」とか「ポワレ」とか「コンフィ」とか、知らない外国語が、いくつも並んでいる。でも、テーブルの上に出てくるのは、見なれたコロッケや肉じゃがの定食で、料理によっては、ナイフとフォークがついてくる。

帽子屋のおじさんや花屋のお姉さんは、とても上手にナイフで切り分けて食べている。僕もまねをして挑戦しているけれど、帽子屋さんのように音をたてずに使うことが出来ない。

そんなふうに、外国のレストランのようなところがあるので、食堂の名前も〈トロワ〉のようなフランス風なのかと思ったら、

「名前はないの」

と、サエコさんが教えてくれた。

サエコさんは食堂で働いているお姉さんで、誰にでも笑顔で話しかけて、その笑顔がとてもいい。

ここだけの秘密の話だけど、僕はいつかサエコさんのような女性と結婚したい。きっと、一緒にいるだけで楽しい。人生は楽しいのが一番だ。これだけは迷わずに言える。

というか、だから迷ってしまう。

一度しかない人生を絶対に楽しく生きたいと思うから、間違いがないように慎重

になってしまう。「むかし」のことも大事だけれど、「将来」のことはもっと重要だ。もし、人生が「むかし」だけで出来ていて、「むかし」のことばかり思い出していればいいのなら、きっと楽だった。つらいこともたくさんあったけれど、それはもう、どれも終わってしまったことだ。

人生が大変なのは、これから先の「将来」のことを考えなければならないからだ。考えたくなくても、自然と考えてしまう。そういうふうになっている。それはたぶん、時間が将来に向かって進んでいるからだ。その進んでゆく時間に僕は乗っている。電車に乗るみたいに。

ちょっと待ってほしいと、ときどき思う。考える時間がほしい。そのためには雰囲気を変えて、いつもと違うところへ行きたくなる。

どうしてだろう。

僕がこれまでに読んできた物語を思い出すと、主人公は大事なことを考えなければならないときに、自分の住んでいる町を離れて海を見に行ったり、森の奥にある自分だけが知っている場所に出かけていった。それが出来ないときは、押し入れの中に隠れたりする。

そして、考える。

僕にはその場所が隣の町の食堂だった。

前に一度、オーリィさんが「何かおいしいものを、おごってあげるよ」と食堂に連れて行ってくれた。それが忘れられなかった。

夜のおそい時間で、オーリィさんはビフテキ定食を食べ、僕はハンブルク定食を選んだ。ハンブルクはドイツの町の名前で、ハンバーグが最初につくられたところらしい。それが変化して「ハンブルグ」になって、「ハンバーグ」になった。白いお皿の上で、ソースのかかった焼きたてのハンバーグが湯気をたて、隣に、にんじんとグリーンピースとコーンが、赤、緑、黄色の順で並んでいた。

オーリィさんが、僕のハンバーグをひときれ食べて、

「これは、ソースにワインを使ってるね」

と、ほめていた。

そんなふうにこの食堂では、向かい合わせに座ったひとたちが、自分のお皿に乗っているものを相手と分け合って食べたりする。

「これ、ちょっと食べてみる?」

「これ、おいしいよ」

「これとそれ、交換しない?」

「なぁ?　おいしいだろう?」

「うん、おいしいね」

そんなことを言って笑っている。

夕方になると、お客さんが続々とやってきて、つまり、僕もそのうちのひとりだ。

食堂に行くとき、僕は父から五百円、オーリィさんから三百円、マダムから二百円をカンパしてもらう。

「食堂に行きたいから」

と言うと、いつもはみんなケチなのに、どういうわけか、

「ああ、そうか」

「そうなのね」

と言って、気前よくお金を出してくれる。

僕としては、ポケットに入れた十枚の百円玉を、一回の夕ごはんにすべて使ってしまうのは、とても贅沢《ぜいたく》なことだと思っている。でも、みんな「いいよ、いいよ」「行ってきたらいいよ」と、やさしいのはどうしてなんだろう。

僕は、いいのだろうか、と思いながら、月舟町駅から食堂に向かって歩いてゆく。駅の東側に商店街があり、西側は店の数が少ない。道がまっすぐにのびていて、歩

いて五分もしないうちに十字路があって、その角に食堂がある。

名前がないので、のれんには何も書かれていない。真っ白なのれんが風に揺れている。

どうしてなのか、いつも風が吹いている。

十字のかたちに交わった道の、東からも、西からも、南からも、北からも風が吹いてきて、道の真ん中で小さな渦を巻いて、つむじ風になる。

だから、食堂には〈つむじ風食堂〉というあだ名のようなものがついている。十回に一回くらいの割合でそう呼ばれ、あとの九回はただの「食堂」と呼ばれている。

僕はそんなところも面白いと思う。

〈つむじ風食堂〉と呼ばれているときだけ、物語に出てくるおかしなレストランのようで、そうでないときはただの食堂だ。「くもり、ときどき晴れ」みたいに、空気の色が変わるようで楽しい。僕はそのどちらも好きだ。魔法をかけられたようなヘンテコな食堂もいいけれど、町のひとたちが集まってきて、ごはんを分け合いながら食べているのがいい。

食堂のお客さんたちは、オーリィさんのように僕を子供だと思っている。僕が小柄で眼鏡だけが大きく見え、マンガによく出てくる少年みたいだからだ。

「おい、そこの少年」

と、声をかけられる。

「君は立派だね。ひとりで、ごはんを食べているのか」

と、すぐに子供あつかいされる。それで僕は仕方なく、「はい、そうです」と子供のふりをする。「いえ、僕はもう大人です」と答えると、必ずみんな笑う。

「どこの子だい?」

「学校の帰りかな」

「こんなところで、めしなんか食っていていいのかい」

「こんなところとは、失礼な」と食堂のマスターが少し怒って言う。

前に、マスターにも「どこの子かな?」と訊かれたことがあった。それで、「僕の家は隣の町のサンドイッチ屋です」と答えた。

「ああ、〈トロワ〉だね」

マスターは、うちの店を知っているようだった。

「いいお店だよね。そのうち、君も店の手伝いをするようになるのかな?」

(いいえ)と僕は心の中で答えた。考える前に将来が決まっているのは、なんだか面白くない。僕は自分で考えた道を進みたい。

だから、僕は食堂のテーブル席で目の前に座った大人のひとに、

「仕事は何ですか」

と、訊くことにしている。

食堂には、ひとりで来るお客さんもたくさんいる。店が混んでいるときは、ひとつのテーブルを知らないひとと二人で使ったり四人で使ったりする。そうなると、すぐに「君はどこの子だ」と訊かれてしまうので、その前に僕の方から、仕事について訊いてしまう。僕は話をするより聞く方が好きだ。

このあいだは、向かいの席に何もかもが太いおじさんが座った。まゆ毛が太くて、首が太くて、腕が太くて、体の全体が太い。

「ああ、おじさんは、そこの商店街で文房具屋をやってるんだけど」

僕の質問に、太いおじさんはそう答えた。声の感じまで、なんとなく太い。

「文房具屋さんって、面白いんですか」

「そりゃあ、面白いよ」

おじさんは話すたびに、大きな耳が右と左と揃《そろ》ってぴくぴく動いた。

「なんだってあるからね、うちは。そんじょそこらの文房具屋とは、ひと味もふた味も違うんだよ」

「どんなものがあるんですか」

「だから、なんだってあるんだよ。うちはむかし、よろず屋だったからね」

「よろず？　って、なんですか」

「ああ、よろずっていうのは、たくさんってことだな。デパートのことを百貨店というだろう？　あれと同じだよ」

「じゃあ、デパートみたいなんですか」

「そうそう。あそこまで大きくないけど、うちは裏にでっかい倉庫があって、そこになんでも詰め込んである。お客さんは、まさかこんなもの売ってないだろうと思って、うちに来るんだけど……そう、たとえば今日も、ピンポン玉ありますかって、君みたいな子が来て、もちろんあるよって裏から出してきたら、すごく喜んでた。それから、運動会で使うゼッケンはありますかって体育の先生が来たから、もちろんありますって」

文房具屋さんは次から次へと品物の名前をあげていった。

浮き輪、ちょうちん、スポイト、鯉《こい》のぼり、水枕、湿度計……。

「お客さんがびっくりする顔を見たくてさ。まさか、ないだろうっていうものが、手品みたいにさっと出てくるんで、まず驚いて、それから、みんな笑っちゃうんだよね。そうすると、こっちもうれしくてさ」

なんだか僕までうれしくなってきた。そんなお店があるなんて。もしかして、これが最高の仕事かもしれない。「ありますか？」と訊いたら、「ありますよ」と答えてくれる店。無敵だ。

「ただね」と文房具屋さんは太いまゆ毛を動かした。「最近は、ぐんとお客さんが減っちゃってさ。インターネットを使ってなんでも買えるからね。もう、よろず屋なんてめずらしくないんだよ。当たり前になんでも買えるから」

僕はインターネットで買い物をしたことがない。それはうれしい買い物なんだろうか。なんでも売っていたとしても、それが当たり前なら、きっと、そんなにうれしくない。予想と違って手品のようだから、うれしいのだ。


「しょうがないよね」

と、文房具屋さんが言った。すると、ちょうど僕の横を通りかかったおじさんが、

「なんの話？」と首をかしげた。「何が、しょうがないの？」

「いや、お客さんが減ったって話」

「ああ、それな」と、通りかかったおじさんは僕の顔を見て、「ここ、おれも座っていいかな？」と言いながら、文房具屋さんの隣にさっさと座ってしまった。大きめのテーブルに椅子が四つ置いてあったので、たぶん、四人座れるテーブルなのだけれど、文房具屋のおじさんも太っているし、あとからきたおじさんも太っていたので、かなり窮屈そうだった。

「おじさんは、どんな仕事をしているんですか」と、僕は真っ先に訊いた。そうしないと、「君は誰？」「どこから来たの？」が始まってしまう。

「おれは肉屋だよ」と、おじさんは楽しそうに言った。文房具屋さんと歳は同じくらいで、同じように太い腕で、指がソーセージのように肉がつまっているみたいだった。

「肉屋は好き？」

と、肉屋さんは僕の目をまっすぐに見た。すごく答えづらい質問だった。肉は好きだけど、肉屋さんが好きかと訊かれると迷ってしまう。

「おれは、肉屋くらいかっこいい仕事はないと思ってる」

肉屋さんは僕の目を見るのをやめて、隣に座っている文房具屋さんに向かって話し始めた。

「たとえば、文房具屋さんは裏にでっかい倉庫があるだろう？　そこに商品がストックされてるわけだよね。うちにもドでかい冷蔵庫があってさ、肉を冷凍して保存しているけど、さすがに倉庫はないよね。だけど、肉がああして店先に並ぶまでには、ホント、いろいろあるわけで、育てるひとがいて、解体するひとがいて、運ぶひとがいて、うちへ来るまでに、どんだけ手間ひまかかってるかわかんない。それって全部、目的はひとつでさ、肉を売るためにやってるわけだよ。そうなるとね、おれらみたいな小売業の仕事って、リレーのアンカーみたいなもんでさ、裏に倉庫はないけど、おれのうしろにはいろんなひとがいるわけよ。アンカーだよね。おれはガキのときから見てのとおり太っていて走るのがおそかったから、アンカーはいつもあこがれだったんだよ。なんか、かっこいいでしょ、アンカーって」

「責任重大だけどね」と文房具屋さんがうなずいた。

「いや、そこを含めてのかっこ良さじゃないかな。まぁ、うちも前にくらべたら客は減ったかもわかんないけど、まだまだ元気あるよ、おれは」

「いや、おれも元気はある」と文房具屋さんもうなずいた。「おれたちが元気なくしたら、商店街が元気なくなるし」

「そうそう。商店街が元気なくなったら、町が元気なくなって、そうしたら、みんな元気なくなって、子供たちも――」

肉屋さんが僕の方を見た。

「商店街を愛してほしいね」

食堂へ通うようになってから、まだそんなに経《た》っていないけれど、僕が大人のひとたちに仕事について質問をすると、何人ものひとが自分の仕事だけではなく、商店街の話をしてくれた。たとえ、小さな商店街だとしても、それが町にとってどんなに大切なものか。商店街に並ぶ小さな店のひとつひとつが元気にしていれば、

「それだけで幸せなんだよ」

と、肉屋さんは言っていた。

それで、僕は「幸せ」について考えるようになった。

将来について考えるのと、幸せについて考えるのは同じような気がする。たぶん、幸せというものが将来にあるからだろう。それで、みんな「幸せになりたい」という言い方をする。

「むかし」のことと違って、「将来」のことはまだ経験していない。だから、可能性があって、いろいろ考えられる。といっても、あんまり先のことはわからないから、とりあえず、十年先くらいまでを考える。

でも、そうして考えているうちに、時間は一分、二分と前へ進んでしまう。考えているうちに、将来へ近づいてゆく。

立ちどまってくれない。

食堂から帰るとき、路面電車に乗ると、会社や学校が終わって、家に帰るひとで満員だった。携帯電話を見ているひとが多かった。眠っているひともいた。みんな黙っていた。黙っているけれど、きっと、頭の中ではいろんなことを考えている。

みんな、将来に向かっていた。

第二章

宇宙人

本当は毎日行きたいけれど、それはあまりにも贅沢《ぜいたく》すぎるので、一週間に二回くらいのペースで、僕は食堂に通っている。

少しずつ、お客さんが僕のことを覚えてくれて、「おお、リツ君」「こんばんは、リツ君」と声をかけてくれるようになった。

この町には、いろいろなひとがいる。この町だけではなく、ほかの町にも、ほかの国にも、世界中にいろいろなひとがいる。食堂へ通ううちに実感した。

楽しいひと、悲しいひと、こわいひと、やさしいひと——。

僕はそのすべてを知ることは出来ない。世界中のすべてのひとの話を聞くことは出来ない。でも、食堂に通うことは出来る。

「定点観測」という言葉を学校で教わった。ひとつのところに注目して、その場所で起きることを「継続的に観察します」と先生は言っていた。「継続的」というのが、僕にはあたらしい言葉だった。「つづけてゆく」ことを難しく言った言葉なんだと思う。

どうして大人になると、簡単な言葉をわざわざ難しい言葉に変えてしまうのだろう。僕にはそれがわからない。難しい言葉を使ったら相手に通じないことがあるし、特に子供には意味がわからない。

もちろん、子供はまだ言葉をたくさん知らないから、難しい言葉を覚える必要もある。それにしても、難しすぎる。とても覚えきれないくらい種類がある。同じことを表すのに何種類も言葉がある。

僕はときどき、宇宙人のことを考える。

この話をオーリィさんに話したら、

「リツ君、それは宇宙人じゃなくて異星人と言うべきだよ」

と注意された。でも、僕は宇宙人という言い方のほうが好きだ。


ある日、宇宙人が地球にやってくる。

それも、日本の上空まで宇宙船でやってきて、「さぁ、どこにしよう？」と上から眺めて月舟町を選ぶ。目印は十字路の角で旗のように揺れている白いのれんだ。まるで、宇宙人に向けて合図を送っているように見えたのだ。

それで、宇宙人はその町のひとたちを空の上から定点観測し、着ているものや話している言葉を分析した。そして、町のひとそっくりに変装して夜の十字路におりてくる。宇宙人はもともと複雑なかたちをした体で、肌の色も、さまざまな色が混ざった虹のような色をしていた。だから、宇宙人は懸命に努力して、月舟町のひとたちに気づかれないよう生まれ変わったのだ。

十字路に立ち、風に揺れる白いのれんを観察し、それから、おそるおそる食堂の中にはいっていった。はじめての体験だった。しかし、宇宙人は驚かない。しっかり定点観測をしていたので、どんなお客さんが来ているのか、メニューにはどんな食べものが並んでいるのか、すべて調べてあった。

「いらっしゃいませ」

と、食堂のサエコさんが宇宙人に笑いかけた。

（ああ）と宇宙人は思う。（これが笑顔というものか。いいものだな）と体の中に隠してある記憶装置に覚えさせた。

「ええと」

と、宇宙人は忘れないようにそう言う。メニューを開いて何を食べるか決めるとき、誰もがまず「ええと」と言っているのを空の上から見ていた。

「ええと、じゃあ、クロケット定食を」

サエコさんも他のお客さんも、宇宙人が宇宙人であることに気づかない。

「しめた」と小さな声でつぶやいて観察をつづける。お客さんが話している言葉を記憶装置に貯めてゆく。かなり、言葉は学習したのに、知らない言葉が、次々と聞こえてくる。

「シュウショクナン」という言葉が聞こえてきた。

「カイテンキュウギョウ」という言葉が聞こえてきた。

「シンキイッテン」「シンソウカイテン」「セダイコウタイ」……どれも知らない言葉だ。これまでの観察によると、この国では漢字という複雑なかたちをした文字と、平仮名と片仮名というやさしいかたちをした文字の二種類が使われていた。平仮名と片仮名を覚えるだけでも大変なのに、（さらに、漢字を覚えなければならないなんて）と宇宙人は腕を組んだ。

どうしてなのかわからないが、この星のひとたちは、どこの国でも、困ったり迷ったりするときに腕を組む。だから、そのポーズをすると、（きっと、答えが出るのだろう）と宇宙人は信じていた。

しかし、わからない。

（やさしい文字だけではダメなのか）と首をひねってみた。そのポーズもよく見ていた。迷ったり悩んだりするときにヒトは首をかたむける。そうすると、何かいいことでもあるのだろうか。

（わからない。誰か説明してほしい）

宇宙人が腕を組んで首をひねっていると、サエコさんが「お待たせしました」と言って、クロケット定食を運んできた。

（おお）と宇宙人は心の中で声をあげる。

テーブルの上に湯気のたつ料理が並べられ、その横にナイフとフォークが「どうぞ」と置かれた。「お箸もどうぞ」とその横にまた置かれる。どちらで食べてもいいらしい。それでまた宇宙人は悩む。他の客がどうしているか、そっと観察してみる。そして、ナイフとフォークを選び、真似《まね》しながら食べてみる。

（おお）と声をあげる。目をとじる。味を確かめる。

（うまい）（おいしい）

観察によると、多くのひとが、そう言っていた。

「うまい」という言葉は食事のときだけではなく、「あのひとは絵がうまい」「歌がうまい」というときにも使われる。「歌が上手」という言い方もある。「あのひとの絵はいいね」という言い方もある。「感動する」と言ったり、「胸が震える」とか

「泣けてくる」とか、いろいろある。

なんて、複雑なのだ。

どのようにして、正しい言葉を選べばいいのかわからない。ナイフとフォークを使い、箸も使い、メニューにはいくつもの料理が並んでいて、その中からひとつだけ選ばなくてはならない。それに、食堂はほかにもたくさんあるので、まず最初に、どの食堂で食べるのか選択しなければならない。

複雑だ。

それなのに、この町のひとたちは、ときどき腕を組んだり首をひねったりしながら、さっさと答えを見つけて先へ進んでゆく。

食堂だけではなかった。

地図を見ると、この星は、信じられないくらい細かく分かれている。それぞれに町があってひとがいる。そのひとたちの多くが働いている。仕事をしている。その

種類は数えきれない。その中からひとつだけ選ばなくてはならない。

だから、まだ若いひとたちは選ぶためにたくさん悩むし、選んで働き始めている大人たちは、悩んでいる子供たちに「ぼくの仕事は、なかなか面白いよ」と教えているらしい。

リツ君だっけ？

文房具屋さんから聞いたんだけど、将来、どんな仕事をするか悩んでいるんだって？　うちは電気屋なんだけどね、電気屋もなかなか面白いもんだよ。電化製品っていうのは進歩するからさ、そこが他の商売と違うんだよ。

肉とか魚とか野菜とかは進歩しないでしょう？

まぁ、あんまり進歩が速いのも考えものだけどね。せっかく、その商品の良さを覚えたのに、もう次のが出てきて、また一から覚えなきゃならない。はっきり言って、めまぐるしいくらいだよ。

進歩？　まぁ、そういうのもいいけどさ、むかしながらのものを、変わらずお届けするっていうのも大事なことだと思うんだよね。

おれは、魚屋なんだけどさ、すごいんだぜ、魚屋っていうのは。

毎日、奇跡《きせき》を起こしているようなもんだよ。

だって、考えてもごらん。魚っていうのは海の中を泳いでいるんだよ？　それも、けっこう遠いところの海で泳いでるのを、船で乗り出して行って捕獲してくるんだから。それだけじゃない。それを、なるべく新鮮なうちにみなさんへお届けしなくちゃならない。昨日まで遠いところで泳いでいたのが、獲《と》れたてのまま、こんな商店街の片隅まで届けられる。奇跡だよ。

みんな、忘れてるみたいだけどね。

魚屋で魚を売ったり買ったりするっていうのは、そういうことなんだよ。

僕も同じ考えですね。

僕は八百屋ですけど、いまの魚屋さんの話に僕なりの補足をしてみると、むかしむかしの大むかしは、何もかもひとりでこなしていたわけです。海に出て魚をつかまえて、野や山に狩りに出かけて、鳥や獣を射とめたりして。

その前に、まずは家も建てて、家具もつくって、服や食器をつくって、料理もして、パンみたいなものも焼いたかもしれない。とにかく、なんでもかんでも自分ひとりで賄っていたわけです。

でも、だんだん文明が発達してくると、狩りに出て、焼いて食べるだけではいられなくなってきた。特にひとがたくさん集まって生活するとなると、いろんなルールをつくらなければうまくいかない。

世の中が進歩すると、すごく便利になるけど、そのかわり、考え方やルールも進歩するので、そのたび、学習しなくちゃならない。進歩するたびに便利なものの数も増えて、覚えなきゃいけないことも増えるから、いっぱいいっぱいになる。

で、役割分担することにしたわけです。

あなたは海へ出て魚を獲ってきてください。あなたはパンを焼いてください。あなたは家具をつくってください。あなたは服をつくってください。そのかわり、僕は畑で野菜をつくりますから――。

これこそ、人間が考え出した最大の発明です。


わたしの仕事は新聞記者です。

かっこいい？　でしょう？　わたしが子供のころは、女のひとが新聞記者になるのはめずらしかったんだけどね、どうしてもなりたくて。

あのね、自分に合ったものっていうのが、あると思うの。もちろん、可能性は無限にあるけど、さっき、八百屋さんが言ってた役割のこと、それはやっぱり、自分の得意なことをやった方がいいと思う。

たぶんね、神様の粋なはからいで、人間を平等にしなかったの。

あ、もちろん、人間はみな平等であるべきです。それとは別の話なのよ。

ひとりひとり違うってこと。力仕事が得意な体の頑丈なひともいれば、体は小さいけど、絵を描くのが上手なひと、計算が得意なひと、料理が得意なひと、走るのが速いひと、マッサージがうまいひと――いろいろいるの。

自分は何の取り柄もありませんってひともいるけど、世の中はかなり複雑に出来てるから、きっと、何かあると思う。見つけるのに時間がかかるとしても、きっと何かしらフィットするものが見つかるんじゃないかな。

なんか、いまの話、聞いてたら、あたしもちょっと自信わいてきた。あたしはダンサーなんだけどね、なにしろ、ほかに何の取り柄もなくて。

でも、ダンサーで食べてゆくのは大変なことなの。

あのね、リツ君。世の中、そんなに甘くないよ。好きなこと、やりたいことを見つけても、それでお金をいただけないと、食べていけないわけ。トホホでしょう？　でも、それが現実だし、あたしはダンスの先生に、「とにかく十年つづけてみなさい」って言われて――いま八年目かな、「十年つづけられたら、きっと本物になる」って言われたの。

まぁ、あたしの性格だと思うけど、そう言われたら、石にしがみついてでも、つづけてやろうと思って。バイトしながら、なんとかここまでね。

バイトはお弁当屋さんなんだけど、その仕事もすごく好き。でも、役割とか得意とかってことになると、あたしはやっぱり踊ることなのかな。

あのさ、飛行機とか電車とかで病人が出たとき、「お医者様はいらっしゃいませんか」みたいな場面が映画とかドラマであるでしょ？　あんな感じで、「この中にダンスが得意なひとはいませんか」って訊《き》かれたら、あたし、きっと、反射的に手をあげちゃうと思う。

だから、やっぱりダンスなんだよね。自分の踊りが世の中のためになるかどうかはわからないけど。


自転車屋なんてどうだろう？

なんか、みんなの話、聞いてたら、俺はもうほかにないって確信したよ。うん。ガキのときから好きでさ。自転車が。たぶん六歳くらいから、毎日欠かさず自転車だけは乗ってきた。雨とか雪とか降ってても平気だから、俺。

ええと、いま俺は三十六歳だから、まるまる三十年かな。それに三百六十五日をかけると……ちょっと待って、いま計算してるから……ええと……うん、一万九百五十日か。たいしたことないな。まだそんなもんか。まだまだだな、俺も。自分のイメージでは十万日くらい乗ってる感じなんだけど——。

「好きこそ物の上手なれ」って、ことわざがあってね、これ、覚えておくといいよ。好きでいれば、そのうちうまくなるってことだけど、逆に言うと、好きじゃないなら、いくらうまくてもやめろって話。俺、それ言っておきたい。いや、そういうひとがいるんだよ。小器用にこなすんだけど、愛がないっていうのかな。あ、これって、自転車に限った話じゃなくて、どんな仕事もね。俺はそう思う。好きじゃないなら、やめた方がいい。好き、愛してる。これが基本だよ。うん。

あのさ、ちょっと訊きたいんだけどね、俺みたいに、まったくやりたくもない仕事してるヤツはどうなるのよ？　いっぱいいると思うな。ていうか、そっちの方が多いでしょ。好きなことが仕事になってるなんて、ごく一部の限られたヤツだけじゃないの？　夢を壊すようで悪いけどさ、そんなもんだよ、仕事って。騙《だま》されるなよ、少年。おいしい話ばかりするヤツがいたら、よくよく気をつけろ。役割分担がどうのこうの言ってたけど、やりたくもなければ、得意でもないものを仕事にしてるヤツもいるってことを忘れないように。

うーん。なるほど、難しい問題ですね。

あ、申し遅れました、私、宅急配達便のシマオカと申します。

いえ、私は幸いこの仕事が大変に好きでして、最初はアルバイトでした。役者になりたかったもんですから、劇団に所属しておりまして、ですが、さきほど、ダンサーの方がおっしゃられたように、役者の仕事だけでは食べてゆくことが出来ません。それで始めたわけなんです。仕方なくです。はい。正直、やりたくなかったですね。自分には合わないと思いながら働いていました。

しかし、そのうち、こんなに素晴らしい仕事は世界広しといえども、そうそうないのではないかと思うようになりまして——。

お届けする、ということです。届けたいと思うお客様がいらっしゃって、それを今か今かと待ちわびているお客様がいらっしゃる。私はその二人をつなげる役割を担っているわけです。そして、そこにはですね、「思い」というものがあるんです。毎日、大量に荷物を運んでいるわけですが、それはただの荷物じゃありません。どんなひとが、どんなひとに届けるのであっても、そこには必ず「思い」というものがあります。

私ね、配達しながらよく考えるんです。ひとがひとを思うということ、それより素晴らしいものってないと思うんですよ。ありますかね？　一度、考えてみてください。たぶん、ないと思うんです。

だから、私は世界で一番素晴らしい「思い」を届ける仕事をしているんです。

違いますかね？

あ、わかります。わたし、花屋に勤めているんで。わたしの場合は、思いを届けるのをお手伝いする感じですね。

花屋もかなり面白いですよ。花って「育てる」っていうテーマと、「贈る」っていうテーマとふたつあって、そのふたつがひとつになってるものって、なかなかないんですよ。

「つくる」と「贈る」がひとつになってるのは、よくあるんですけど、「育てる」っていうのが、なかなかないでしょう？　正確に言うと、「育てる」ことをサポートして、「贈る」ことをサポートしてるんですけど。

店は商店街にあって——なんだろう、サポートっていうより、あれですね、アピールって言った方がいいかな。

みんな、忘れちゃうんです、お花のこと。犬や猫のことは忘れないけど、花を育てるのを、つい、忘れちゃう。人間は自分より弱くて小さなものを守って育てるべきだと思うんです。さっき、誰かがルールって言ってましたけど、これこそ暗黙のルールじゃないかなって。

だから、「みんな思い出してぇ」と商店街を行き交うひとたちに言いたいんです。

だって、間違いなく気持ちが変わりますから。育てるにしても贈るにしても。気持ちがおだやかになって、明るく積極的になります。わたしがそうでしたから。むかしのわたし、ホント暗かったんです。

リツ君はどうかな？　お花を贈りたいひと、いる？

贈ると、自分の気持ちが変わるし、もしかして、お花を受け取ったひとの、リツ君への気持ちも変わるかもしれないよ。

どう？　いいでしょ。


気持ちとか意識を変えるってことで言うと、ぼくの仕事もそれなのかな？

イラストを描いているんだけど、リツ君は絵とか好き？　たしかに、好きかどうかだよね。ていうのは、イラストレーターって、九時から五時までとか、仕事の時間が決まってないから、自分で好きな時間に描くんだよね。

とにかく、自由っていうのが何よりだよね。時間にしばられない人生。この仕事のいいところは、まず、そこだよね。

だけどね、時間が決まってないと、すごく生活がでたらめになってくる。夢中になって描いていたら、とっくに夜中だったとか。今日はうまく描けないから、三十分描いては三十分休むとか。

要するに、一日中、仕事になっちゃう。そうなると、よほど好きじゃないと結構つらいんだよね。これはもう、一日をどうするかだけじゃなく、一週間をどうするかってことでもあって、土曜とか日曜とかも関係ない。へたすると、まったく休みなしで働きつづけることになってしまう。

たまには、おいしいものを食べに行ったり、映画館に行ったり、女の子とデートとかしたいでしょう? だから、よく考えてみると、好きっていうのも考えものなのかもしれないね。好きっていうだけで仕事をしてるとキリがなくなって、それ以外のことがおろそかになっちゃうから。

それはですね、自分で時間割をつくればいいだけですよ。私はケーキ屋なんですけど、仕事の時間はあらかじめしっかり決めて、それ以外の時間はケーキのことをまったく考えません。若いときは朝から晩までケーキのことばかり考えてたけど。じゃないと、なんとなく誠実さに欠けるような気がして——。

でも、歳をとったら考えが変わりましたね。というのは、あたらしいケーキを思いついたり、味をよりおいしくするアイディアが出てくるのって、仕事を離れて遊んでいるときだから。仕事だけになっちゃうと息苦しくなって、好きなものも嫌いになってくる。

そんなの、もったいないでしょう？　せっかく、これだって思えるものを見つけたのに。

だから、夢中になるのもほどほどに。適当に遊びながらね。

じゃあ、わたしも話しちゃうけど、遊びって言ったら、わたしですよ。なにしろ、働いてないから。

あのさ、リツ君。リッちゃん？　君はまだ十二歳なんでしょう？　仕事どうするかなんて、まだまだ早いよ。いまのケーキ屋さんの話が真実だと思うな。人間には遊ぶ時間が必要なわけ。ね？　一日単位で考えたら、そうだな、二十四時間のうち、四時間くらいは遊ばないと。一週間で考えたら三日くらい、一生で考えたら二十年くらいかな。テキトーだけど。

まぁ、何年生きるかわからないけど、わたしはそう決めてる。で、いま十九だから、あと一年遊んで、はたちになったら、バリバリ仕事に命かける。だから、わたしはそろそろ考えないとまずいんだけどね。でも、君はまだ考えなくていいよ。

大体さ、いまのうちから計画立てても、君が働き始めるころには、世の中が大きく変わってるかもしれないんだよ？

うん。オレも基本的には似たような意見だな。ちょっと違うけどね。なにしろ、オレはギンギンに働いてるしさ。知らない？　オレのこと。

名前はタモツっていうんだけど。北堤通りのコンビニで働いてます。まぁ、考えさせられるよね、みんなの話。なんていうか、肩身が狭いっていうか。

いや、オレだって、たとえば乾物屋の息子とかだったら、どんなにいいかって思いますよ。商店街のね、はじっこの方でいいからさ、まぁ、そこそこ売れてるみたいな？　儲《もう》けてやろうとか、そういうの一切ナシで、ふつうに生活できればいいレベルで、かつお節とかがコンスタントに売れる感じで——。

いや、冗談じゃなく、オレ、こう見えて古風なんですよ。乾物屋とか金物屋とか畳屋とか。いいよなぁ。ひとむかし前までは商店街にもあったよね？　いつ、なくなったのかな。代替わりがうまくいかなかったのかね。つまんないよなぁまったく。ああいう、いい店がなくなっちゃうと、商店街のバランスってもんが崩れちゃうよ。

でも、まだいいか。割にむかしからの店も残ってる方かな。

オレは「役割分担」については、そのとおりだなって思う。理想だよね。商店街も、町全体も、国全体も、世界中ね、小さなことからでっかいことまで、なんだって手分けすればいいいと思う。

手分けするって最高じゃない？

なんていうか、「力を合わせる」っていうのとは、ちょっと違うんだよ。結果的には同じことかもしれないけど、なんだろう？　みんなが自分の得意なことをやって、補完し合うってことかな？　それが理想だよね。それだけはホント言っておきたい。

ただ、オレはいまコンビニで働いてるから、コンビニって、その考えと正反対のところにあるんだよね。みんなで手分けするんじゃなく、全部、オレにまかせろみたいな。

でも、本当はそうじゃないんだよ。

もし、オレんとこのコンビニで、かつお節を売り出したとしても、それはやっぱり、むかしからつづいている店で買うのと、全然、重みが違うよ。

オレはそう思う。

じゃあ、コンビニって何なのかって言ったら、救急病院みたいなもんでしょう？　商店街のさ。それが、本来の役割だよね。そこんところ、お客さんの方が勘違いしてるんじゃないかな。

オレとしては、救急病院の当直の医者みたいな気分でさ、「さぁ、なんでもこい」と思いながらレジに立ってる。でも、あくまで救急だよ？　深夜とかのさ。それ以外の時間はちゃんとした店で買うべきなんだよ。専門店とかで。オレが言うことじゃないかもしれないけど、みんなコンビニに頼りすぎだね。

いや、マジで死にそうなんだよ、オレ。バイト君がひとりやめちゃって、ただでさえ忙しかったのが、仕事倍増でさ。コンビニだったのが、スーパー・コンビニに

LATTE
POTATO

なって、超忙しいときは、ウルトラ・スーパー・コンビニエンス・ストアって感じだよ、ホント、マジで。

だって、本来なら手分けしてやるところを、全部、オレひとりでこなしてんだよ？ 弁当あたためて、電気代の支払いを処理して、宅配を受け付けて、切手を売って、タバコを売って、肉まんをあたためて、おにぎりの賞味期限をチェックして、雨が降ってきたら傘を売って、入荷したての週刊誌を並べて、新聞を売って、コンサートのチケットを発券して、予約商品を受け付ける。

でも、オレはそういったことを踊るようにこなしてゆくのが気持ちいいんだよ。快感と言ってもいい。そうした一連の作業すべてが、ひとつながりの仕事で、難しい振り付けの踊りを完璧にこなす喜びっていうのかな——。

なるほどねぇ。いまのタモツさんのお話、大変、感じ入りました。

あ、リツ君ね、わたし、帽子屋の桜田です。なんだか、皆さんのお話につい聞き入っちゃって、ほら、注文したポークソテー定食に手もつけないで。

わたしね、最近、感心してるんです、この町に。いや、この世界に。この星に。帽子屋っていうのは、むかし、よくあったんです。商店街にも、結構ありました。でも、最近はほとんど見かけないでしょう？　もっと大きな品揃《しなぞろ》えのいい店で選んで買えますからね。みんな、そっちへ行っちゃった。さみしいですねぇ。

さっき、お花屋のお嬢さんが暗黙のルールなんてことをおっしゃってましたが、むかしはね、「持ちつ持たれつ」っていう暗黙のルールがあったんです。

たとえば、商店街に店を構えるラーメン屋さんは、材料のあらかたを商店街の店々で買い揃えたもんです。それで、肉屋さんも八百屋さんも、まぁ関係ないけど、帽子屋のわたしも、商店街の店主たちは応援する気持ちもあって、通い詰めましたよ。「良々軒」。いいラーメン屋さんでしたけどね、どういうわけか、ああいういい店から順に消えていっちゃう。

　いや、それでもなんとか踏ん張って、お店をつづけていらっしゃる方がいる。感心します。素晴らしいです。皆さんが商店街を守りつづければ、リツ君のような少年が、いずれラーメン屋を開くこともあるでしょう。とにかく、ここまでなんとかつづいてきたリレーを、次へつないでいかないことには――。


話を聞くうち、宇宙人は大変に驚いた。

　帽子屋さんが「感心してるんです」「この星に」と言っていたが、まったくもって、この星はどうしてこんなにうまくいっているのかわからない。

しかも、地球人は「うまくいっている」という自覚がない。それが当たり前だと思っている。奇跡と言うしかないのに。

この星の住人は義務的なルールがまったくないのに、自然と役割分担をおこなっている。最初は「俺が魚を獲りにいくから、君はパンを焼いてくれ」と言い合っていたかもしれない。しかし、いまはいちいち言い合っていない。言わないのにそうなっている。助け合っている。

しかも、ひとつの仕事に集中してしまうことがない。たとえば、町の全員が「魚屋になりたい」と言い出してもいいのに、この星の歴史には、いまのところ、そうしたことが起きていない。「魚屋にはなりたくない」と全員が拒否するということもなかった。

ただ、やりたくもない仕事をしているひともいる。我慢しているひとがたくさんいる。

定点観測をしていたら、「空気を読む」という言葉を何度も聞いた。どうやら、「自分が置かれた状況を察知すること」を意味しているようだが、どうも、必要以上に空気を読み過ぎているように思う。あるいは、必要以上に読みとることがもとめられているように見える。

地球人には、この「空気を読む」というルールが暗黙のうちに伝わっているようだ。すべては空気を読んで決めているのだろうか。空気を読んで我慢しているひともいるということか。たぶん、そうなのだろう。

でなければ、我々、宇宙人には、なぜこんなにうまくいっているのか、さっぱり理解できない。

「あのさ、リツ君。最近、テレビとか見てると、空気読めない、って言葉をよく聞くでしょう?」

と、何日か前にオーリィさんが言っていた。

「あれって、つまり、その場の状況を把握してないってことだよね。そんなことじゃダメだって言ってるわけでしょう?」

「僕もときどき言ったりします」

「そうなの? でも、それは善し悪しだよなぁ。空気を読み過ぎるのも――」

「読み過ぎると、どうなるんですか」

「自分の思っていることを言えなくなるでしょ。本当はBがいいのに、まわりのみんながAって言ってるから、Aって言わないと気まずいみたいな」

(そういうことって、よくあるなぁ)と僕は思った。

「結局、なにごとも、ほどほどがいいってことなのかな」

オーリィさんは自分で答えを見つけて、「うんうん」と何度かうなずき、それでその話は終わってしまった。

「ほどほど」が、どういう意味なのか、僕はそれを訊いてみたかった。でも、このごろ、僕が質問すると、オーリィさんだけではなく、大人のひとたちは考え込んだまま答えてくれないときがある。

僕がもっと若かったとき、八歳くらいのときは、「ああ、それはね」と、すぐに教えてくれた。だけど、最近は僕の顔を見て「そうだなぁ」と言って、黙っている。なんだろう？　大人たちは空気を読み過ぎて、言いたいことが言えなくなっているのだろうか。

僕の推理では「ほどほど」というのは、「ちょうどいい」という意味だと思う。

たぶん、大人は「ちょうどいい」を知っていて、それを過ぎると、何か問題が起きてくる。その証拠に「食べ過ぎ」とか「使い過ぎ」とか「しゃべり過ぎ」とか、「過ぎ」が付くものは、どれもいいことじゃない。

結局、僕にちょうどいい仕事はどれなんだろう。

食堂にいつもいる猫の頭を撫《な》でながら考えた。名前はオセロ。体の半分が黒くて、もう半分が白い。もし、僕が猫に変身したら、きっとこんな感じになる。黒なのか白なのか、はっきりしない。

でも、このふたつの色のバランスがちょうどいい。

「決めないといけないのかなぁ」

と、オセロに訊いても答えは返ってこない。

仕方なく僕はオセロに変身した自分を想像し、食堂を抜け出すと、猫の姿でつむじ風が吹く十字路に立った。

みんなの声が渦巻いていた。みんなの顔が渦巻いていた。

「適当に遊びながらね」「進歩するからさ」「好きっていうのも考えもの」「なるべく新鮮なうちに」「ひとを思うということ」「得意なことをやった方がいい」「好きこそ物の上手なれ」「みんな、忘れちゃうんです」「まだ早いよ」「救急病院みたいなもんでしょう」「そんなもんだよ、仕事って」「世の中、そんなに甘くない」「持ちつ持たれつ」「これこそ、人間が考え出した最大の発明です」

夜の空には星が少し。月が出ていた。

宇宙人は自分の星に帰って、一体、どんな報告をしたのだろう。

第三章

百円玉

ズボンの左のポケットには路面電車の回数券が入れてある。そして、右のポケットには、定食を食べるための百円玉が十枚入れてある。

僕はいつも右のポケットに手を差し入れ、指先で百円玉を一枚、二枚と数えながら路面電車に乗っている。だから、百円玉が一枚足りないことは、すぐに気づいた。

あれ？　と思って、もういちど数えた。なんだか、電車の窓から見える夕方の空が急に曇り始めたような気がした。

やはり、九枚しかない。

家を出るときは間違いなく十枚あった。ということは、落としてしまったのだろうか。

僕はこれまでに、いろいろなものをなくしてきた。思い出せるのは、手袋の片方、自転車の鍵、図書館の貸出券、夏の白い帽子、五百円のシャープ・ペンシル——などなど。

でも、本当はなくしてしまったことに気づいていないものがたくさんある。たぶん、忘れてしまった記憶もたくさんある。

僕はこれまで十二年間生きてきたけれど、そのすべてを覚えているわけではない。だから、本当は「十二年間」とは言えない。そのうちの三年間くらいは消えてしまった。時間が経てば経つほど消えてゆく。

そうして消えてしまった時間やなくしてしまったものは、この先、戻ってくることがあるのだろうか。僕はそれを確かめたい。だから、なるべく長生きをしたい。

もしかして、七十歳や八十歳になったときに、なくしたり忘れたりしたものが思い出せるかもしれない。

そう思うと、この世から完全に消えてしまうものなんてないのかもしれない。いま目の前になくても、いつか戻ってくる可能性がある。

ただ、ポケットから百円玉が消えてしまったのは事実だった。

僕は月舟町駅の売店の前に立ち、色とりどりのお菓子や小さな商品をひとつひとつ点検するように見ていった。そして、百円で何が買えるのか確かめた。

僕は自分でも自分が変なヤツだと思う。もし、百円玉を拾ったのなら、「何が買えるか?」と楽しく選ぶだろう。でも、逆なのだ。何が買えなくなったのか、僕はそれを確かめた。

その結果、百円玉ひとつで買えるものはあまりなかった。消費税が付いて百五円になっている。それを確認して少しほっとした。そして、その発見を誰かに話したくて、食堂に着いてすぐにマスターに報告した。するとカウンター席にいた知らないおじさんが、

「うちの油揚《あぶらげ》は百円でおつりがくるぜ」

と、僕の目をじっと見て言った。

つまり、僕もそのおじさんの目をじっと見たのだけれど、不思議な輝き方をするビー玉でつくられたような目だった。

「おれは豆腐屋だけどね」

僕が訊く前におじさんは自分の仕事について話してくれた。

「豆腐っていうのは、きれいな冷たい水が命なんだよ。冷たい水はこちらの身も引

き締まるし、豆腐は白いしね、なんとも清らかな気分になる。まぁ、早起きしなければならないけど、豆腐は毎日食うようなもんだろう？　だからこそ、本当にうまいものにしないと」

（ああ）と思う。早起きは苦手だ。でも、町のひとたちが毎日食べるものを、毎日つくるのは、やりがいのある仕事だ。

「ほとんど、みんな食べてるよ。町のベストセラーだね。商店街を歩いて誰かとすれ違うたび、あのひともあのひとも、うちの豆腐を食べてるんだなぁ、と感慨深くなる。つまりさ、みんなの命をおれがつくってるわけだよ」

僕はいままで一度も自分が豆腐屋さんになるなんて想像したことがなかった。というか、はじめて気がついた。僕は豆腐屋さんにもなれる。

考えてみれば当たり前のことなのに、なぜか、豆腐屋さんになる自分の姿を最初から消していた。でも、僕は努力すれば豆腐屋さんになれる。何にだってなれる。

食堂のマスターにもなれるし、路面電車の運転士にもなれる。

「果物屋もいいですよ」

という声が背中の方から聞こえてきた。振り向くと、白いシャツを着た髪の短いお兄さんが、僕の方を見ながらクロケット定食を食べていた。

「君が噂《うわさ》のリツ君ですね、どんな仕事をすればいいのか探してる少年――」

「はい」と僕は小さな声で答えた。僕は「噂の少年」になっているらしい。

「もちろん、豆腐の白もいいでしょうけど、果物屋は、いつも鮮やかな色に囲まれて楽しいもんですよ」

そのひとは、しゃべり方が、とても丁寧だった。だから、僕に向かって話しているのか、豆腐屋さんや食堂のマスターに話しているのか、どちらなのかよくわからなかった。

でも、どうやら僕に話しているらしい。

「どちらが好きですか。白くて静かな店と、色とりどりでにぎやかな店と」

「それは、とても難しい質問です」

僕もなるべく丁寧に答えた。なんとなく、そのひとが自分と似ているような気がしたのだ。

「僕は静かなものと、にぎやかなものと、どちらも好きなんです」

「ああ、なるほど」

果物屋さんは、少しまじめな顔になって、ゆっくりうなずいた。

「よく、わかります。ぼくもそうでしたから。いや、ぼくもいまだに決められなくて、日々、困惑しています」

「でも、果物屋さんになったんですよね」

「そう。自分で選んで。もっと静かで地味な仕事が自分にはふさわしいと思っていましたが、そこがどうも難しいところで――」

「なぁ、果物屋」と豆腐屋のおじさんが話に割り込んできた。「この子はまだガキなんだから、あんまり余計なことを吹き込まない方がいいぜ」

「いや、それこそ、余計なお世話ですよ」と横からマスターが言った。「いろんな考えや意見があるのが世の中なんですから」

「あ、でも」と果物屋さんが手をあげた。「いろんな意見を聞いているうちに、自分を見失ってしまうこともありますから。ぼくが思うに、リツ君はまだ少年でありながら、すでに自分というものを確立しています。ぼくもそうでした。だからこそ困惑するんです。ねぇ、リツ君」

「ええと――はい」

「ほらね。だから、ぼくはそのうえで言いたいんです。リツ君はたぶん、どちらかというと静かなものを好んでいるんです。ぼくがそうでしたから。基本的にはそっちが答えです。でも、世の中というのはそれだけじゃない。静かなところで、ひとりきりになって考えていると、ある日、急に強烈な色に魅《ひ》かれるんです。ぼくがそうでした」

「ふうん」と豆腐屋さんが横を向いた。「それは、何だろう？　リンゴの赤か、バナナの黄色か、キュウリの緑か」

「キュウリは野菜です」とマスターが訂正した。「私は知ってますよ。果物屋さんが目覚めた色は――」

「オレンジでした」

果物屋さんが素早く答えた。

「たしかに、バナナの黄色とか、ブドウの紫やエメラルド色、それに、イチゴの赤なんてヘタの緑色とあいまって、じつに鮮やかです。でも、本当に目がさめるような明るい色をしていたのはオレンジでした。オレンジのあの色こそ、ユイイツムニの――」

「ユイイツムニっていうのは、ほかにないって意味だぞ」と豆腐屋のおじさんが説明してくれた。

「ええ、あの色は他にありません。だから、オレンジ色と呼ばれているんです。果物の名前が、そのまま色の名前になっています」

（本当だ）と僕は驚いた。バナナ色とか、メロン色とは言わないけれど、オレンジ色だけはある。それに、ほかの色は、赤、青、黄、緑、紫、と漢字で書くのに、オレンジ色だけは違っている。

「よかったら、あとでうちの店に寄ってください。店先にオレンジをたくさん並べているので」

「それはいいけどさ」と豆腐屋さんが言った。「だから、何なんだい？」

「はい？」

「いや、お前さんがオレンジ色を好きだってことはわかったけど――」

「あのね、リツ君、ぼくはこう思います。静かなものは、にぎやかなものに憧れて、にぎやかなものは、静かなものに憧れます。さらに言うと、静かなものには、にぎやかなものが含まれていて、にぎやかなものは静かなものを含んでいる。わかるかな？　つまり、どちらかひとつを選んでも、百パーセント静かなものなんてないし、にぎやかなだけというものもない。これはもう比率の問題です」

「比率っていうのはな――」と豆腐屋さんが言いかけたので、

「わかります」と僕は果物屋さんの目を見て答えた。果物屋さんの目は黒いところが少し茶色っぽくて、なんとなく外国のひとの目のように見える。いつでも遠くを見ているような目だった。

「で？」と豆腐屋さんが、もういちど言った。「まさか、オレンジ色はきれいだから、君も果物屋になれって言うのかい」

「まぁ、そんなところです」

フルーツ

「はぁ？」

「そういう決め方もある、という話です。僕は理屈を言いたいわけじゃありません。どうも誤解されがちなんですが、決してそういうわけじゃなく、理屈抜きで、ただ、オレンジ色が好きだから果物屋になった――それでもいいんじゃありませんか」

「そんなことでいいのかな」

「だって、豆腐屋さんも、豆腐は白いからいいとか、冷たい水がどうのこうのと言ってませんでしたか？」

　そう言いながら果物屋さんが豆腐屋さんと向き合ったとき、突然、誰かが僕のいるテーブルに近づいてきて、向かいの椅子にそっと腰をおろした。

「へぇぇ」

と、僕の顔を見ていた。甘い香水の匂いがした。

「頭の良さそうな子じゃないの」

女のひとだった。お姉さんなのか、それとも、おばさんなのか、どちらとも言えなかったけれど、そういうときは「お姉さん」と呼んだ方がいい。

「お姉さんは、どなたですか」

「あら、かわいい。連れて帰っちゃいたいくらい」

「ダメですよ、マリーさん」

マスターが首を横に振った。

「気をつけろよ、少年」

豆腐屋さんが笑っていた。

「このお姉さんは、こう見えて、おじさんなんだから」

「あら、いいのよ、リツ君。君がお姉さんだと思ったら、それはもうお姉さんなの。どう見たって、アタシはおじさんなんかじゃないでしょ」

それはそうだった。でも、声の感じが、なんとなく違う。男のひとが女のひとの声を真似《まね》しているように思う。でも、僕はその声が嫌いじゃない。言葉づかいは丁寧かどうかわからないけれど、声がやさしくて、スープの味を表現するときに使う「まろやかな」感じがする。ずっと聞いていたいような声だ。聞いていると、体中の力が抜けて、頭の中が空っぽになる。

「どうやら、こちらのおじさんとお兄さんは、お仕事の話ばかりしているみたいだけどね、自分の進む道を決めたいなら、まずは、自分の生き方を考えないと。わかる？　アタシに言わせれば、仕事なんて何でもいいの。アタシはそうしてきたから。いろんな仕事をしてきたの。お花屋さんにケーキ屋さん、占い師もやったし、パン屋さんでも働いてた。踊っていたことだってあるし、イラストを描いていたことだってある。ほかにもいろいろ。そういうのも、いいものよ。いろんな人生を生きた気がして。ね？　ものは考えよう。わかる？　考え方ひとつで、人生はつらくなったり楽しくなったりするの。だから、なんて言うのかしら、どう考えて、どう生きてゆくか、それを決めればいいのよ」

（そうなのか）と心の中にいる小さな僕が思った。

「ものは考えよう」という言葉は、これまでにも何度か聞いたことがある。たしかに僕の願いは「楽しく生きてゆく」ことで、何の仕事をすればいいのか決めるのは、順番が逆かもしれない。

でも、僕はどうしたら楽しいのだろう。仕事とか、そういうことに関係なく、これまでの十二年間の人生で、どんなことを楽しいと感じてきたのだろう。

「ちょっと、ごめんなさい」

マリーさんが、僕が食べかけていたハンバーグの切れはしを、さっとフォークで突き刺し、「あっ」と僕が言ったときには、もう食べていた。

「うん、おいしい」

長いまつ毛を、ぱたぱたさせ、マリーさんは口の中の味を確かめるように食堂の天井を見上げた。

（そうか）と小さな僕は思った。

「おいしい」ということだ。僕が好きなのはそれだった。「おいしい」と感じる気持ちは、ほかと違う特別なものだと思う。

たとえば、「きれい」とか「痛い」とか「疲れた」とか「面白い」とか、ひとはいろいろなことを感じて言葉にする。でも、僕はときどき（そんなに面白いかなあ）と思ったり、（みんな平気な顔をしていても、僕はもう疲れたよ）と感じたりする。

つまり、感じることには差がある。同じ体験をしても、全員が同じように感じるとは限らない。でも、その中で、「おいしい」という気持ちだけは、大きな差がないように思う。こう思うのは、僕だけかもしれないけれど。

甘い、辛い、にがい、すっぱい、という感想はみんなほとんど同じように感じている。だから、料理をするひとは、食べたひとに、どのように感じてほしいか考え、味を甘くしたり、辛くしたりして調整している。

でも、絵を描いたり、歌を歌ったり、詩を書いたりすることで何かを伝えようとしても、ひとによっては、「甘い」と言ったり、「辛い」と言ったりする。まったく正反対の感想を言うこともある。僕のように「甘い」とも「辛い」とも言えない中間の感じが好きな変なヤツもいる。

スープをつくるのが得意なオーリィさんは、甘くも辛くもない「複雑な味」を追求してきた。けれど、結局は「おいしい」と誰かが言ってくれるかどうかで味を決めているみたいだ。

そして、本当においしいスープは、かなりの比率で多くのひとが「おいしい」と楽しそうに言う。頭で考えるのではなく、舌が味を確かめて「おいしい」「まずい」と決めている。そんなふうに僕は感じる。

「おいしい」と言葉はひとことだけど、そのひとことの中にはいろいろな思いが含まれていて、だから、わざわざ複雑な味にしなくても、おいしいものをつくれば、それは、自動的に複雑な味になる。

ああ、うまく言えなくて、じれったい。

僕はそんな「おいしい」のひとことを誰かに伝えられたらいいのにと思う。そういうひとになってみたい。そして、それはもしかすると、マリーさんの言うように、仕事の種類には関係ないのかもしれない。

「どう、生きるかよ」と、マリーさんは言った。「そういうこと言うキャラじゃないんだけどね、アタシ」

マリーさんは自分の胸に手を当てた。

「何だろう?　アタシみたいになっちゃダメよって思うのに、アタシが知ってること、全部教えてあげたいみたいな――この複雑な感じ」

食堂から帰るとき、果物屋さんと駅まで歩いて、ついでに、果物屋さんのお店に寄り道をした。

陽《ひ》が暮れて夜になり、静かな商店街は少しさみしい感じがしたけれど、果物屋さんだけが、オレンジ色にぼんやりと浮かび上がっていた。通りに面した店先に「ひとつ百円」と書いた札を立ててオレンジを並べ、軒先からぶらさがった電球がそれを照らしていた。でも、その様子は食堂で話を聞いたときに想像したような明るさではなかった。

それに、果物屋さんはひとりきりなので、店番をするひともなく、食堂へ行っているあいだに通りかかった誰かが、勝手にオレンジを持って行ってしまうかもしれない。

「持って行っちゃうひとはいないんですか」

「そうだね――うん、いたみたいだね。ひとつなくなってるから」

やっぱり。

「お金を払わないで持って行くなんて、泥棒じゃないですか」

「いや、そうじゃないんだよ」

果物屋さんがオレンジとオレンジが重なって影になったところを指差すと、そこに、ひっそりと百円玉がひとつ置いてあった。

僕の住んでいる町は桜川という。路面電車の桜川駅をおりたところから商店街がつづいている。月舟町よりずっと短いけれど、肉屋、魚屋、八百屋、果物屋、和菓子屋、文房具屋が並び、写真館があり、整体院があり、コンビニもあり、そして、いちばん最後に、うちのサンドイッチ屋がある。

父のつくるサンドイッチは人気がある。

「何もかも手づくりっていうのがいいね」「たまごサンドとかハムサンドとか、どれもごく普通のサンドイッチなんだけど」「安心する味だな」「変な味がしないし」「ここが、いちばんおいしいね」

といっても、それはあくまで町の中の「いちばん」でしかない。雑誌やテレビの取材があって、日本中に紹介されたときもあったけれど、まさか、遠いところからわざわざサンドイッチを買いに来るひとはいない。たとえ、一時的にお客さんが増えても、時間が経つと、やっぱり記憶から消えてしまうみたいだ。

そもそも父は「この町のひとたちのためにつくる」と自分で決めている。

僕はその考え方が狭いような気がして賛成できなかった。父はほかのことになると「もっと広い視野を持たなきゃ」と言うのに、お店の話になると、「うちはこれでいいんだ」と視野を広げようとしない。

「いいんじゃないの」とマダムが言った。

「僕もそう思うな」とオーリィさんも父の考えに従っている。

食堂へ行かない日の夕ごはんは、父とふたりで食べるときもあるけれど、マダムのアパートの台所でオーリィさんと三人で食べることが多い。僕たち三人は親子でも兄弟でもないのだけれど。

ときどき、おかしな気持ちになる。「おかしな」という言葉は「不思議な思い」と「楽しい思い」のどちらにも使い、そのふたつが混ざり合ったときにも使う。三人で食事をしていると、ちょうどそんな感じで、僕はそんなおかしな感じが、いちばん気持ちが落ち着く。

「あのさ、リツ君」

とマダムが食事のあとでお茶を飲んでいるときに言った。

「桜川のひとたちに、おいしいって言ってもらうのと、世界中のひとにおいしいって言ってもらうのは、どっちも同じじゃない?」

「そうかな」と僕は首をひねった。「なるべく、たくさんのひとに、おいしいって言ってもらった方がいいと思うんだけど」

「定点観測と一緒だよ」とオーリィさんが言った。「こないだ、学校で教わったって言ってたよね？　定点観測の結果から全体の傾向を推し量るってことはあるんじゃないかな。世界は点の集合体なんだから」

なんだか難しい。

「つまり、世界は小さな町が集まって出来てるんだよ」

「そんな、大げさな話じゃなくてね」とマダムが言った。「まずは、自分の隣にいるひとに、おいしいって言わせなきゃ。お父さんはそういう考えなのよ」

僕は少しずつ理解していた。

「むかし」にも「僕のむかし」と「世界のむかし」があるように、自分が生きてゆくところも、「小さな世界」と「大きな世界」がある。そして、父は「小さな世界」を選んだ。そういうことだろうか。

「そういえば、月舟町の食堂はどうなの？」

マダムが僕の湯呑《ゆの》みにお茶をつぎ足しながら訊いた。

「食堂のひとたちと仲良くなった？」

「ええと——」と僕はその質問にどう答えていいかわからない。

「どんなひとが来てるの？」

「みんな、大人のひとたちです」

「何か話とかした？」

「ええと——仕事のこととか」

「仕事って？」

「それはいろいろです。というかですね、僕が皆さんに訊いてるんです。あなたはどんな仕事をしていますかって。そしたら、皆さん、自分の仕事について説明してくれて、僕にちょうどいい仕事は何なのか、一緒に考えてくれるんです」

「ふうん」とマダムはそう言って、それから、

「お父さんにも訊いてみた？」

と、変なことを言った。

「父にですか？　父に何を訊くんですか？」

「仕事のこと」

「だって、訊いたってしょうがないじゃないですか。よく知ってるし」

「本当に？」とオーリィさんが少し意地悪そうに言った。「本当にリツ君はお父さんの仕事を知ってるのかな？」

「知ってますよ」と僕ははっきり答えた。

「ふうん」

とマダムがまたそう言って、いつものように甘い香りのするタバコに火をつけた。一瞬だけ恐い顔をしてタバコを吸い、それから横を向いて、ゆっくり煙を吐き出した。

「何だって?」

と父はまずそう言った。そう言うと思っていた。父の口ぐせだ。耳がよく聞こえないのかな、と最初は思った。でも、本当はよく聞こえている。聞こえているのに、「何だって?」と訊き返す。

「だから――」

と、こういうとき僕は少しじれったくなる。

「仕事のことです。お父さんは自分の仕事について、どう考えているのかなぁと思って」

「どう考えてる? って言われてもなぁ」

これも予想していた答えだった。必ず「そんなこと言われてもなぁ」と言って、僕が訊いたことに答えない。ところが、

「おれは、町のひとに食べてもらいたくてつくってるんだよ」

と父は答えた。でも、これは前に聞いたことがある。

「それも、毎日食べてもらいたいんだよ。実際、毎日食べてくれるひとがたくさんいるし、こっちもそのつもりでつくってる。だからこそ、本当においしいものをつくらないと」

（え？）と心の中の小さな僕が驚いた。父も町のひとたちが毎日食べているものをつくっていたのか――。

「サンドイッチはバランスなんだよ。お前にはまだわからないだろうけど。静と動というか、静かなものとにぎやかなものがひとつになってる。それがサンドイッチなんだな」

（え？）と僕はさらに驚いた。

「パンは白いだろう？　これがつまり静だよ。そして、中に挟む具は色とりどりでにぎやかだろう？　これが動だね。このふたつのバランス、ちょうどいい感じの調和がサンドイッチのおいしさなんだ」

そんな話、これまで聞いたことがなかった。

「これ、昨日、思いついたんだよ。あたらしいサンドイッチをつくりながら」

そう言って父は、「ちょっとリツも試食してみないか」と、明日から店に出す予定の「目玉焼きのサンドイッチ」をつくり始めた。

「まず、厚切りのパンをまな板の上にのせてバターを薄く塗り、そこへレタスを一枚敷いて、塩と胡椒でこんがり焼いた目玉焼きをのせる」

父はつくりながら、手順をひとつひとつ説明してくれた。

「目玉焼きの表面にトマト・ケチャップを少しだけ塗ると、ほら、レタスの緑と卵

3

の黄色とケチャップの赤が鮮やかだろう？　そして、これを隠すように厚切りの白いパンを最後にのせる。仕上げに、音もたてずに三角にさっと切る」

出来上がった。

「さぁ、召し上がれ」

本当を言うと、マダムのところでいつもより多めにごはんを食べてきたから、お腹はすいていなかった。でも、ひと口食べたら、口の中ですべての味がひとつになって、思わず「おいしい」と声が出てしまった。

「だろう？」と父が得意そうに言った。

もういちど言うけれど、僕がこれまでに読んできた物語の主人公たちは、自分の住んでいる町を離れて、ひとりで考える時間をつくった。でも、考える時間が終わったら、そのあと彼らはどうしていただろう？

僕は食堂へ行く時間が少なくなった。とりあえず、考えることが少なくなってきたからだ。

それでも、食堂からの帰りに路面電車に乗り込むと、将来へつづく長い道のりを感じて、きっと、考える時間に終わりは来ないと思いなおす。

だから、本当はまだまだ終わらないけれど、途中から始まった物語は、途中で終わるのがちょうどいい——。

ドアが閉まり、ベルを鳴らして路面電車が走り出した。

あとがき

子供のころに憧れていたのは路面電車の運転士でした。小学二年生くらいまでは「絶対になる」と宣言していたのですが、小学三年生になると、いつのまにか「バスの運転士になりたい」に変化していました。

というか、「なりたい」では済まなくなって、「なる」と心に決め、自分だけの想像世界＝妄想世界において、勝手にバスの運転士になっていたのです。

僕は小学三年生から四年生にかけての一年半ほどのあいだ、「坂上発坂下行き」路線バスの運転士でした。勤務先は当時住んでいたアパートの近くにあったひと筋てきのゆるやかな坂道です。勤務時間は午後三時から午後五時まで。学校から帰ってきてひと休みしたら、そこから先は妄想世界となり、完全にバスの運転士になりきって、黙々と行動していました。

まずはバスを坂上の停留所まで移動させます。まぁ、単なる子供用自転車なのですが、気合いでバスと思い込めば、あるはずのない停留所も、いないはずのお客さんも、次第にその姿が浮かんできました。

坂上から坂下までは五百メートルほどあり、わずかに蛇行していて、道の両側は住宅がつづいています。それで、特徴のある家の玄関先にあった敷石や石段などを停留所と決め、そこへ来るとバスを停めて片足を石の上に乗せて停車しました。そのあいだ、僕の頭の中ではお客さんが乗り降りし、無事に乗降が確認されたら出発します。駅は始発と終点以外に三つほどあって、終点ではエンジン（などありませんが）を切って五分ほど停車していました。

この繰り返しをおよそ二時間。一年半にわたって、ほぼ毎日、勤務していました。それだけでも相当におかしなことですが、週に何度かは交代で夜の勤務もあり、その日は家に帰ってからも運転士のままで過ごしました。食卓に並んだ夕御飯は「運転士が利用している食堂の定食」という設定で、家族とは口もきかずに黙々と食べ、食べ終わると顔を洗って夜の勤務に向かいました。

といっても、夜の勤務は部屋にとじこもっておもちゃのバスを運転するだけなのですが、このおもちゃが非常によく出来ていました。車のハンドルが取り付けられた箱の上に直径三十センチほどの円盤があり、その上に山あり谷ありのプラスティック製のジオラマが乗っていました。そのジオラマがレコード・プレイヤーのターン・テーブルの要領で回転するのです。ジオラマには山間をうねるように走る道路がつくられていて、その細い道にミニチュアのバスを置き、ハンドルをまわして山あり谷ありの道を延々と運転しました。ジオラマの下には強力な磁石が仕込まれ、ハンドルを動かすと磁石が動き、ミニチュア・バスの底部に貼り付けられた磁石が反応して、ハンドルさばきのとおりにバスが移動する仕組みです。まったく、運転士の気分でした。自分の妄想では、夜の勤務は長距離バスの運転士で、やはり、二時間くらいは運転していたでしょうか――。

しかし、僕はバスの運転士になりませんでした。

小学四年生のときに従兄弟からもらったビートルズのレコードを聴いて人生が一変し、今度は布団たたきをギターに見立てたミュージシャンとしての活動に没頭しました。布団たたきは、ほどなくして本物のギターになり、それからはギターのことばかり考えて暮らしていたのですが、そのうち、演劇に夢中になったりデザインの学校に通ったりして、最終的に自分がたどり着いたのは、本をつくること＝本を書くことでした。

書くことはバスの運転士であったときから好きでしたから、いま思うと、あの妄想世界における徹底した勤務の積み重ねこそ、小説の源になる想像力のレッスンになっていたのかもしれません。

*

このささやかな本は、ちくまプリマー新書のちょうど二百冊目にあたります。このとおり僕は小説を書くのが仕事になりましたが、それとは別に相方の吉田浩美とコンビを組んでデザインの仕事もしています。このプリマー新書の装幀デザインも、創刊からふたりで担当してきました。二百冊すべてです。

何年か前に百冊になったとき、「よくがんばったなぁ、自分」とつぶやいて遠い目になりました。しかし、それからさらに百冊もつくったのですから、もしかして、偉いひとから勲章を貰えるのではないかと思い、いそいそと筑摩書房の編集部へうかがったところ、編集部の顔ぶれは創刊当時とすっかり変わっていたのでした。ふと気づくと、八年の歳月が流れていて、僕と相方が編集部の誰よりも長くプリマー新書に携わってきたことを知りました。

そこで僕は「むかし、むかし――」と語り部になり、「そもそも、プリマー新書というのはですね――」と八年前を思い出しながら編集部の皆さんにお話ししたのです。

*

そもそも、プリマー新書は創刊当時の編集長であった松田哲夫さんが起ち上げたものです。そのときのことをよく覚えています。夜の食堂の片隅で、

「子供たちに、ひとつだけ伝えるとしたら、あなたは何を伝えますか」

と松田さんは言いました。

「それを、原稿用紙百枚で書いてください」

それがプリマー新書の基本で、「これから何人かの著者に会って、そのメッセージと一緒に原稿の依頼をします」と松田さんは楽しげにおっしゃいました。

「いいですね、それ」

向かいの席に座っていた僕と相方は目を輝かせました。まぁ、自分で自分の目を見ることは出来ませんけれど、たぶん、輝いていただろうと思います。

「そういうことなら、ひとつひとつ違う表紙にしましょう」

目を輝かせたままそう言いました。

新書というものは、なぜか表紙（正確にはカバーですが）のデザインが一律に決められているのが主で、特に最近の新書は、一冊一冊に独自の絵柄が施されたものはまずありません。しかし、松田さんのお話をうかがって、僕と相方の頭に浮かんだのは、子供たちにリボンをかけた小箱をひとつひとつプレゼントするイメージでした。そして、その小箱の色と形、リボンの模様や長さは、どれも違っている。そうでなければならないと思いました。そのときはまさか、自分が毎月毎月、二百冊もデザインしてゆくとは考えていなかったので、なかば他人事のように、

「そうするべきです」

と生意気に断言したのでした。

＊

といったようなことを、編集部で滔々《とうとう》と語ったところ、

「なるほど、それでは記念すべき二百冊目は篤弘さんが書いてください」

と、勲章よりありがたい原稿依頼をいただきました。

この本をこうして書き下ろすに至った理由はそうした経緯があってのことです。ですので、この機に目を輝かせた初心へ戻り、「子供たちにひとつだけ何かを伝える」というテーマを真ん中に据えて、原稿用紙きっかり百枚で小説を書くことにしました。

ところで、小説を書いてきた自分の「初心」は、十一年前に筑摩書房から上梓した『つむじ風食堂の夜』という小説にあります。これはのちに文庫化され、自分が書いたものの中では、最も多くの方に読んでいただいた小説でもあります。この小説の舞台となった月舟町は、僕が少年期を過ごした町をモデルにしていて、のちに刊行された『それからはスープのことばかり考えて暮らした』という小説にも月舟町は登場します。こちらは隣町の桜川にあるサンドイッチ屋〈トロワ〉と、月舟町にある名画座を主な舞台にして書きました。そして、今度はその映画館〈月舟シネマ〉をめぐる物語である『レインコートを着た犬』という小説を書いています。これは、ただいま連載中で、じきに一冊の本にまとめて刊行する予定です。

　以上三作をもって〈月舟町三部作〉と申しておりますが、この『つむじ風食堂と僕』は、三部作の番外篇、昨今の言い方に乗じればスピンオフ、あるいは、作者自らによる二次創作のようなものとして書きました。

　主人公のリツ君は『それからはスープのことばかり考えて暮らした』に登場する小学生で、三部作本編においては〈つむじ風食堂〉にあらわれることはありません。ですから、作者としてはちょっとしたいたずら心で書き始めたのです。しかし、彼の視線になって月舟町へ再訪してみると、食堂に集う面々は大人ばかりで、一見、妙なひとたちとはいえ、話を聞いてみれば、皆、それぞれに自分の役割を受け持って日々を送っているようでした。彼らはリツ君に向けて自分の役割を話すうち、ときにリツ君を忘れて大人同士の会話をしていたり、さらには自問自答のようなものをつぶやいたりしています。

その様が、まったくプリマー新書のようである、と書きながら感じ入りました。子供に語りかけるということは、語りかける前に自分自身を見なおすことであり、子供に語るべきことは大人もまた傾聴すべきことで、大事なのは、子供とか大人とかではなく、初心に戻ること、「最初の思い」に戻ることなのかもしれません。最初に何があったか？　そこから自分は逸脱していないか――。

書いている途中で、バスの運転士であった少年の自分に訊《き》きました。

「君はなぜ、バスの運転士をしているのか？　運転するのが楽しいのか？」

すると、少年は当たり前のように答えました。

「いいえ。僕は乗客の皆さんを、無事に送り届けることが嬉しいんです」

＊

最後になりましたが、謹んで御礼を申し上げます。

記念すべき二百冊目の執筆を任命してくださった、ちくまプリマー新書の編集部の皆様、ありがとうございました。次は三百冊目をめざしましょう。

イラストを描いてくださった杉田比呂美さん。杉田さんにイラストを描いていただくのが長年の夢でした。また、一緒に楽しい仕事が出来ればと願っております。

そして、読者の皆様、最後の一行までお読みいただきありがとうございました。

短いお話ですが、ちょいとひと駅、隣町の食堂へ行く気分でお読みいただければ幸いです。

二〇一三年　初夏

吉田篤弘

chikuma primer shinsho

ちくまプリマー新書 200
つむじ風食堂《かぜしょくどう》と僕《ぼく》
二〇一三年八月十日　初版第一刷発行
二〇二四年八月五日　初版第七刷発行

著者　吉田篤弘（よしだ・あつひろ）
装幀　クラフト・エヴィング商會
発行者　増田健史
発行所　株式会社筑摩書房
東京都台東区蔵前二－五－三　〒一一一－八七五五
電話番号　〇三－五六八七－二六〇一（代表）
印刷・製本　株式会社精興社
ISBN978-4-480-68902-3 C0293　Printed in Japan